Diogenes Taschenbuch 21288

de
te
be

Vercors

Das Schweigen des Meeres

Erzählung

Aus dem Französischen von Kurt Stern und Werner DeHaas

Diogenes

Titel der Originalausgabe:
›Le silence de la mer‹
Die Erzählung erschien erstmals 1941 in
dem von Vercors mit dieser Erzählung
ins Leben gerufenen Verlag,
Editions de Minuit, Paris.

60/85/8/1
ISBN 3 257 21288 7

Saint-Paul-Roux zum Gedenken,
dem ermordeten Dichter.

Ihm voraus ging eine große Entfaltung militärischen Apparats. Zuerst zwei Landser, beide sehr blond, der eine schlaksig und mager, der andere gedrungen, mit Steinhauerhänden. Sie schauten das Haus an, ohne einzutreten. Später kam ein Unteroffizier. Der schlaksige Landser begleitete ihn. Sie redeten in einer Sprache auf mich ein, die sie für Französisch hielten. Ich verstand kein Wort. Dennoch zeigte ich ihnen die leerstehenden Zimmer. Sie schienen zufrieden zu sein.

Am nächsten Morgen rollte ein offener Armeewagen, grau und riesig, in den Garten. Der Fahrer und ein junger schlanker Soldat, blond und lächelnd, holten zwei Kisten und einen dicken, in graues Tuch gehüllten Packen daraus hervor. Sie trugen das Ganze in das geräumigste der Zimmer. Der Armeewagen fuhr wieder weg, und einige Stunden danach vernahm ich Pferdegetrappel. Drei Berittene erschienen. Einer von ihnen saß ab und ging das alte steinerne Gebäude besichtigen. Er kehrte zurück, und alle, Männer und Pferde, zogen in die Scheune ein, die mir als Werkstatt dient. Ich sah später, daß sie den Bankhaken meiner Hobelbank zwischen zwei Steinen in eine Mauerlücke getrieben hatten, an den Haken einen Strick gebunden und die Pferde an den Strick.

Während zwei Tagen geschah nichts weiter. Ich sah niemand mehr. Die Berittenen rückten morgens früh mit ihren Pferden aus; sie brachten sie am Abend zurück, und sie selbst schliefen auf Stroh, das sie auf dem Hängeboden aufgeschüttet hatten.

Dann, am Morgen des dritten Tages, kam der große Armeewagen wieder. Der lächelnde junge Mann lud sich einen stattlichen Offizierskoffer auf die Schulter und trug ihn in das Zimmer. Anschließend holte er seinen Tornister, den er im Nebenzimmer abstellte. Er kam herunter und bat, sich in korrektem Französisch an meine Nichte wendend, um Bettwäsche.

Es war meine Nichte, die aufmachen ging, als man anklopfte. Sie hatte mir eben meinen Kaffee serviert, wie jeden Abend (Kaffee macht mich schläfrig). Ich saß hinten im Raum, ziemlich im Halbdunkeln. Die Türe geht zu ebener Erde auf den Garten hinaus. Dem ganzen Haus entlang läuft ein bei Regen sehr praktischer Gehweg mit rotem Fliesenbelag. Wir hörten Schritte, das Geräusch von Absätzen auf den Fliesen. Meine Nichte schaute mich an und stellte ihre Tasse hin. Ich behielt die meine in den Händen.

Es war Nacht, nicht besonders kalt: jener November wurde nicht sehr kalt. Ich sah die hochragende Gestalt, die flache Schirmmütze, den wie einen Umhang über die Schultern geworfenen Regenmantel.

Meine Nichte hatte die Türe geöffnet und verharrte schweigend. Sie hatte den Türflügel bis zur Mauer zurückgeschlagen, stand selbst an der Wand, den Blick ins Leere gerichtet. Ich trank weiter in kleinen Schlucken meinen Kaffee.

Der Offizier an der Türe sagte: »*S'il vous plaît.*«

Kopfnickend grüßte er kurz. Er schien das Schweigen abzuwägen. Dann trat er ein.

Der Umhang glitt auf seinen Unterarm, er salutierte und nahm die Mütze ab. Er wandte sich meiner Nichte zu, lächelte zurückhaltend, während er den Oberkörper ganz leicht vorneigte. Dann wendete er sich zu mir und machte eine formellere Reverenz. Er sagte: »Ich bin Werner von Ebrennac.« Mir ging ganz schnell durch den Kopf: ›Kein deutscher Name. Der Nachkomme eines protestantischen Emigranten?‹ Er fügte hinzu: »Ich bedauere sehr.«

Das letzte Wort, langgedehnt, fiel in das Schweigen. Meine Nichte hatte die Türe geschlossen und lehnte an der Mauer, den Blick geradeaus vor sich hin gerichtet. Ich hatte mich nicht erhoben. Langsam stellte ich meine leere Tasse auf dem Harmonium ab, faltete die Hände und wartete.

Der Offizier setzte wieder an: »Es war natürlich notwendig. Ich hätte es vermieden, wenn das möglich gewesen wäre. Ich nehme an, daß meine Ordonnanz alles tun wird, um Ihre Ruhe nicht zu stören.« Er stand mitten im Raum. Er war riesig und sehr schlank. Mit hochgerecktem Arm hätte er die Deckenbalken berührt.

Sein Kopf war leicht nach vorne geneigt als setze der Hals nicht an den Schultern an, sondern oben am Brustbein. Er hielt sich nicht krumm, doch wirkte es so. Seine Hüften und Schultern waren bemerkenswert schmal. Das Gesicht war schön. Männlich und von zwei tiefen Höhlungen längs der Wangen geprägt. Man sah die Augen nicht, die im Schatten der Brauenbogen lagen. Sie schienen mir hell. Das Haar war blond und weich, nach hinten gestrichen, seidig glänzend unter dem Licht des Kronleuchters.

Das Schweigen dauerte an. Es wurde immer dichter, wie Morgennebel. Dicht und unbewegt. Die Unbeweglichkeit meiner Nichte, zweifellos auch die meine, machten dieses Schweigen noch lastender, geradezu bleiern. Der Offizier, verunsichert, blieb selbst unbeweglich, bis ich schließlich ein Lächeln auf seinen Lippen entstehen sah. Dieses Lächeln war ernst und ohne jede Spur von Ironie. Er deutete mit der Hand eine Geste an, deren Bedeutung mir entging. Seine Augen hefteten sich auf meine Nichte, die noch immer steif und gerade dastand, und ich konnte meinerseits in Ruhe das kraftvolle Profil betrachten, die vorspringende schmale Nase. Ich sah zwischen den halbgeschlossenen Lippen eine Goldkrone glänzen. Schließlich wandte er die Augen ab, schaute auf das Feuer im Kamin und sagte: »Ich empfinde große Achtung für Menschen, die ihr Vaterland lieben«, und er hob jählings den Kopf und fixierte den geschnitzten Engel über dem Fenster. »Ich könnte jetzt in mein

Zimmer gehen«, sagte er. »Aber ich kenne den Weg nicht.« Meine Nichte öffnete die Türe, die zu der kleinen Treppe führt, und begann, die Stufen hinaufzusteigen, ohne einen Blick für den Offizier, als wäre sie allein. Der Offizier folgte ihr. Da sah ich, daß er ein steifes Bein hatte.

Ich hörte sie durch das Vorzimmer gehen; die Schritte des Deutschen widerhallten im Gang, abwechselnd laut und leise; eine Türe ging auf, dann schloß sie sich. Meine Nichte kam zurück. Sie nahm ihre Tasse wieder auf und fuhr fort, ihren Kaffee zu trinken. Ich steckte eine Pfeife an. Wir ließen schweigend einige Minuten vergehen. Ich sagte: »Er scheint, Gott sei Dank, anständig zu sein.« Meine Nichte zuckte die Achseln. Sie zog meine Samtjacke auf ihre Knie herüber und nähte den unsichtbaren Flicken fertig an, den sie einzusetzen begonnen hatte.

Am nächsten Morgen kam der Offizier herunter, als wir beim Frühstück in der Küche saßen. Dorthin führt eine andere Treppe, und ich weiß nicht, ob der Deutsche uns hörte oder diesen Weg zufällig wählte. Er hielt auf der Schwelle inne und sagte: »Ich habe eine gute Nacht verbracht. Ich möchte hoffen, daß die Ihre ebenso gut war.« Er betrachtete lächelnd den großen Raum. Da wir knapp an Holz und noch knapper an Kohle waren, hatte ich ihn neu gestrichen, und wir hatten ein paar Möbel hergebracht, kupfernes Gerät und antike Teller, um unser Leben während des Winters dort zu konzentrieren. Er beschaute sich dies, und man sah den Rand seiner sehr weißen Zähne schimmern. Ich bemerkte, daß seine Augen nicht blau waren, wie ich annahm, sondern goldbraun. Schließlich ging er durch den Raum und öffnete die Türe zum Garten. Er machte zwei Schritte und wendete sich dann, um unser langgestrecktes niedriges Haus zu betrachten, mit seinen von Weinspalieren bedeckten Mauern und alten braunen Ziegeln. Sein Lächeln wurde ganz breit.

»Ihr alter Bürgermeister sagte mir, daß ich im Schloß wohnen würde«, sagte er, mit einer Handbewegung auf das prätentiöse Gebäude weisend, das, etwas höher auf dem Hügel, durch die kahlen Bäume zu erkennen war. »Ich werde meinen Leuten zu ihrem Irrtum gratulieren. Das hier ist ein viel schöneres Schloß.«

Dann schloß er die Türe hinter sich, grüßte uns durch die Scheiben und ging davon.

Er kam abends wieder, zur gleichen Stunde wie am Vortag. Wir tranken unseren Kaffee. Er klopfte, wartete jedoch nicht, daß meine Nichte ihn einließ. Er öffnete selbst. »Ich fürchte, daß ich Sie störe«, sagte er. »Wenn Sie es vorziehen, gehe ich durch die Küche; dann können Sie diese Türe abschließen.« Er durchquerte den Raum, hielt einen Augenblick mit der Hand auf der Klinke inne, die Winkel des Rauchzimmers überblickend. Schließlich verneigte er sich leicht: »Ich wünsche Ihnen eine gute Nacht«, und ging nach oben.

Wir schlossen die Türe nie ab. Ich bin nicht sicher, ob die Gründe für diese Unterlassung sehr klar und ganz lauter waren. In stillschweigender Übereinkunft hatten meine Nichte und ich entschieden, an unserem Leben nichts zu ändern, nicht die geringste Einzelheit: Als ob der Offizier nicht existierte; als wäre er ein Geist. Doch es mag sein, daß neben diesem Vorsatz in meinem Herzen eine andere Empfindung mitwirkte: Ich kann nicht einen Mann beleidigen, ohne daß es mich schmerzt, selbst wenn er mein Feind ist.

Lange Zeit – über einen Monat – wiederholte sich jeden Tag dieselbe Szene. Der Offizier klopfte und trat ein. Er äußerte ein paar Worte über das Wetter, die Temperatur oder ein anderes Thema von ähnlichem Belang: Die Sätze hatten unter sich gemein, daß sie keine Antwort voraussetzten. Stets hielt er auf der Schwelle der kleinen Türe kurz inne. Er blickte um sich. Ein ganz leichtes Lächeln gab dem Genuß Ausdruck, den ihm diese Musterung zu bereiten schien – täglich dieselbe Musterung und derselbe Genuß. Seine Augen verweilten auf dem gesenkten Profil meiner Nichte, das unfehlbar streng und gefühllos war, und wenn er endlich seinen Blick abwandte, war ich sicher, darin eine Art lächelnder Anerkennung wahrnehmen zu können. Dann sagte er, indem er sich verneigte: »Ich wünsche Ihnen eine gute Nacht«, und ging.

Eines Abends ergab sich unvermittelt eine Änderung. Draußen fiel feiner Schneeregen, scheußlich eisig und nässend. Ich legte im Kamin dicke Holzkloben auf, die ich für solche Tage aufsparte. Unwillkürlich stellte ich mir den Offizier vor, da draußen, und den schneeberieselten Anblick, den er bieten würde, wenn er hereinkam. Doch er kam nicht. Die Stunde seiner Rückkehr war weit überschritten, und ich ärgerte mich, mir eingestehen zu müssen, daß er mein Denken beschäftigte. Meine Nichte strickte langsam, mit sehr beflissener Miene.

Endlich ertönten Schritte. Doch sie kamen aus dem Inneren des Hauses. An ihrem ungleichen Hall erkannte ich den Gang des Offiziers. Ich begriff, daß er durch die andere Türe hereingekommen war, daß er aus seinem Zimmer kam. Zweifellos wollte er nicht in einer durchnäßten und unwürdigen Uniform vor unseren Augen erscheinen: Er hatte sich zuerst umgezogen.

Die Schritte – einer laut, einer leise – kamen die Treppe herab. Die Türe ging auf, und der Offizier trat ein. Er war in Zivil. Die Hose war aus dickem grauem Flanell, die Jacke aus stahlblauem Tweed, mit Fäden in warmem Braun durchwirkt. Sie war weit und bequem und hatte einen Sitz von salopper Eleganz. Unter der Jacke lag ein Pullover aus grober ungefärbter Wolle eng an dem schlanken und muskulösen Oberkörper.

»Verzeihen Sie«, sagte er. »Mir ist nicht warm. Ich war sehr naß, und mein Zimmer ist sehr kalt. Ich werde mich einige Minuten an Ihrem Feuer wärmen.«

Mit Mühe kauerte er sich vor dem Kamin nieder, streckte die Hände aus. Er drehte und wendete sie. Er sagte: »Gut... Gut...« Er kehrte sich um und wandte dem Feuer seinen Rücken zu, noch immer kauernd, die Arme um ein Knie geschlungen.

»Das ist noch nichts«, sagte er. »Der Winter ist in Frankreich eine milde Zeit. Bei mir zu Hause ist er hart. Sehr. Die Bäume sind Tannen, die Wälder dicht, der Schnee ist schwer darauf. Hier sind die Bäume leicht. Der Schnee darauf wirkt wie Spitze. Bei mir zu Hause denkt man an einen Stier, gedrungen und stark, der zum Leben seine Kraft braucht. Hier ist es der Geist, der feinsinnige und poetische Gedanke.«

Seine Stimme war ziemlich dumpf, wenig klangvoll. Der Akzent war leicht, deutlich bloß in den harten Konsonanten. Das Ganze hörte sich eher an wie ein singendes Gesumm.

Er erhob sich. Er stützte den Vorderarm an den Sims des hohen Kamins und seine Stirn auf den Handrücken. Er war so groß, daß er sich ein wenig bücken mußte, wo ich nicht einmal mit dem Scheitel anstoßen würde.

Er blieb ziemlich lang regungslos, regungslos und wortlos. Meine Nichte strickte mit mechanischer Geschäftigkeit. Sie warf ihm keinen Blick zu, nicht ein einziges Mal. Ich rauchte, halb ausgestreckt in meinem großen weichgepolsterten Sessel. Ich meinte, daß das Gewicht unseres Schweigens nicht abzuschütteln wäre. Daß der Mann sich verabschieden und weggehen würde.

Doch das gedämpfte singende Gesumm setzte wieder ein; man kann nicht sagen, daß es das

Schweigen brach; vielmehr war es, als sei es daraus hervorgegangen.

»Ich habe Frankreich immer geliebt«, sagte der Offizier, ohne sich zu rühren. »Immer. Ich war ein Kind im letzten Krieg, und was ich damals dachte, zählt nicht. Seitdem aber habe ich es immer geliebt. Allerdings nur von ferne. Wie die Prinzessin im Morgenland.« Er machte eine Pause, bevor er ernst hinzufügte: »Wegen meinem Vater.«

Er drehte sich um und lehnte, die Hände in den Jackentaschen, an einen der Kaminpfeiler. Sein Kopf stieß leicht an die Konsole. Von Zeit zu Zeit rieb er sich langsam den Hinterkopf daran, in natürlicher Bewegung, wie ein Hirsch. Ein Lehnstuhl stand einladend da, ganz nahe. Er setzte sich nicht. Bis zum letzten Tag setzte er sich nie. Wir forderten ihn nicht dazu auf, und er tat nichts, niemals, das als Vertraulichkeit hätte wirken können.

Er wiederholte: »Wegen meinem Vater. Er war ein großer Patriot. Die Niederlage ist ein heftiger Schmerz gewesen. Trotzdem liebte er Frankreich. Er liebte Briand, er glaubte an die Weimarer Republik und an Briand. Er war sehr zuversichtlich. Er sagte: ›Er wird uns vereinen, wie Mann und Frau.‹ Er dachte, daß endlich die Sonne über Europa aufgehen würde...«

Während er redete, schaute er meine Nichte an.

Er schaute sie nicht an, wie ein Mann eine Frau anschaut, sondern so wie man eine Statue anschaut. Und tatsächlich war sie eine Statue. Eine belebte Statue, aber eine Statue.

»... Doch Briand wurde geschlagen. Mein Vater sah, daß Frankreich noch immer von euren grausamen Großbürgern geführt wurde – Leute wie eure de Wendel, eure Henry Bordeaux und euer alter Marschall. Er sagte zu mir: ›Du sollst nie nach Frankreich gehen, ehe du nicht gestiefelt und behelmt dort einmarschieren kannst.‹ Ich mußte das versprechen, denn er war dem Tode nah. Bei Kriegsausbruch kannte ich ganz Europa, außer Frankreich.«

Er lächelte und sagte: »Ich bin Musiker«, als ob das alles erklärt hätte.

Ein Holzscheit zerfiel in den Flammen. Glutstükke kollerten aus dem Kamin. Der Deutsche bückte sich, las die Glut mit der Feuerzange auf. Er fuhr fort:

»Ich bin nicht Ausführender: ich komponiere Musik. Das ist mein ganzes Leben, und so mache ich in meinen Augen als Krieger eine komische Figur. Trotzdem bedauere ich diesen Krieg nicht. Nein. Ich glaube, daß Großes daraus hervorgehen wird...«

Er richtete sich auf, nahm die Hände aus den Taschen und hielt sie halb erhoben.

»Verzeihen Sie mir: vielleicht mag ich Sie verletzt haben. Doch das, was ich sage, das meine ich sehr herzlich: Ich meine es aus Liebe zu Frankreich. Großes wird für Deutschland und Frankreich daraus hervorgehen. Ich denke, gleich meinem Vater, daß die Sonne über Europa leuchten wird.«

Er trat zwei Schritte vor und neigte den Oberkörper. Wie jeden Abend sagte er: »Ich wünsche Ihnen eine gute Nacht.« Dann ging er.

Ich rauchte schweigend meine Pfeife fertig. Ich hustete ein bißchen und sagte: »Vielleicht ist es unmenschlich, ihm das Almosen gar eines einzigen Wortes zu verweigern.« Meine Nichte hob ihr Gesicht. Sie zog die Brauen hoch empor, über funkelnden und empörten Augen. Ich hatte beinahe das Gefühl, daß ich errötete.

Das blieb von diesem Tag an der neue Stil seiner Besuche. Wir sahen ihn nur noch selten im Feldanzug. Er zog sich erst um und klopfte dann an unsere Türe. War es, um uns den Anblick der feindlichen Uniform zu ersparen? Oder um sie uns vergessen zu lassen, uns an seine Person zu gewöhnen? Zweifellos beides. Er klopfte und trat ein, ohne auf eine Antwort zu warten, die wir, wie er wußte, nicht geben würden. Er tat es mit arglosester Selbstverständlichkeit und kam sich am Feuer wärmen, was der ständige Vorwand für sein Kommen war, ein Vorwand, der weder ihn noch uns täuschte und dessen zweckmäßig konventionelle Bewandtnis er nicht einmal zu vertuschen trachtete.

Er kam nicht ausnahmslos jeden Abend, doch ich erinnere mich keines einzigen, an dem er uns verließ, ohne geredet zu haben. Er beugte sich über das Feuer, und während er der Wärme der Flammen irgendeine Körperfläche darbot, setzte seine summende Stimme sacht ein, und es ergab sich im Laufe dieser Abende über die Themen, die ihm am Herzen lagen – sein Land, die Musik, Frankreich –, ein andauernder Monolog; denn kein einziges Mal versuchte er, von uns eine Antwort zu bekommen, eine Zustimmung oder nur einen Blick. Er redete nicht lang – nie viel länger als am ersten Abend. Er äußerte ein paar Sätze, manchmal durch Pausen zergliedert, manchmal verkettet zur eintönigen Kontinuität eines Gebetes. Zuweilen stand er unbewegt am Kamin, wie eine Karyatide, zuweilen trat er, ohne sich zu unterbrechen, zu einer Zeichnung an der Wand oder an einen Gegenstand heran. Dann verstummte er, verneigte sich und wünschte uns eine gute Nacht.

Er sagte einmal (das war in der ersten Zeit seiner Besuche):

»Worin liegt der Unterschied zwischen einem Feuer bei mir zu Hause und diesem hier? Das Holz, die Flamme, der Kamin sind natürlich ähnlich. Aber nicht das Licht. Das hängt von den Dingen ab, die es beleuchtet – von den Anwesenden in diesem Rauchzimmer, von den Möbeln, den Mauern, den Büchern in den Regalen ...«

»Warum liebe ich diesen Raum so sehr?« sagte er nachdenklich. »Besonders schön ist er nicht – entschuldigen Sie! ...« Er lachte: »Ich meine, es ist kein Museumsraum ... Ihre Möbel, davon sagt man nicht: Das sind Meisterstücke ... Nein ... Aber dieser Raum hat eine Seele. Dieses ganze Haus hat eine Seele.«

Er stand vor den Bücherreihen der Bibliothek. Seine Finger folgten fast streichelnd den Einbänden.

»... Balzac, Barrès, Baudelaire, Beaumarchais, Boileau, Buffon ... Châteaubriand, Corneille, Descartes, Fénelon, Flaubert ... La Fontaine, France, Gautier, Hugo ... Welch ein Appell!« sagte er mit leichtem Lachen kopfnickend. »Und ich bin erst beim Buchstaben H! ... Molière noch nicht, nicht Rabelais, weder Racine noch Pascal, noch Stendhal, noch Voltaire, noch Montaigne, noch alle anderen! ...« Er schob sich langsam weiter den Büchern entlang und ließ von Zeit zu Zeit ein kaum wahrnehmbares »Ha!« entschlüpfen, wenn er, wie ich vermute, auf einen Namen stieß, an den er nicht dachte. »Die Engländer«, fuhr er fort, »da denkt man gleich: Shakespeare. Die Italiener: Dante. Spanien: Cervantes. Und bei uns sofort: Goethe. Dann muß man überlegen. Doch wenn man sagt: Und Frankreich? Auf wen kommt man da zuerst? Molière? Racine? Hugo? Voltaire? Rabelais? Oder welchen sonst? Sie drängen sich, sie sind wie eine Schar Menschen am Eingang eines Theaters: Man weiß nicht, wen man als ersten einlassen soll.«

Er drehte sich um und setzte ernst hinzu:

»Aber in der Musik, dort ist es an uns: Bach, Händel, Beethoven, Wagner, Mozart ... mit welchem beginnen?«

»Und wir haben uns bekriegt!« sagte er langsam,

kopfschüttelnd. Er kehrte zum Kamin zurück, und seine lächelnden Augen richteten sich auf das Profil meiner Nichte. »Aber dies ist das letztemal! Wir werden uns nicht mehr bekämpfen: Wir werden heiraten!« In seinen Augenwinkeln entstanden Fältchen, die Höhlungen unter den Backenknochen vertieften sich zu langen Grübchen, die weißen Zähne kamen zum Vorschein. Heiter sagte er: »Ja! Ja!« Ein kleines Kopfnicken unterstrich die Bejahung. »Als wir in Saintes einzogen«, fuhr er fort, »war ich glücklich darüber, daß die Bevölkerung uns gut aufnahm. Ich war sehr glücklich. Ich dachte: Es wird leicht sein. Und dann sah ich, daß es überhaupt nicht das war, daß es Feigheit war.« Er war ernst geworden. »Ich habe diese Leute verachtet. Und ich fürchtete um Frankreich. Ich dachte: Ist es *tatsächlich* so geworden?« Er schüttelte den Kopf: »Nein! Nein! Ich habe das nachher gemerkt; und jetzt bin ich glücklich über sein gestrenges Gesicht.«

Sein Blick suchte den meinen – den ich abwandte –, wanderte zu verschiedenen Stellen des Raumes, kehrte dann zu dem unerbittlich starren Antlitz zurück, das er verlassen hatte.

»Ich bin glücklich, hier einen würdigen alten Mann gefunden zu haben. Und eine schweigende junge Frau. Man wird dieses Schweigen überwinden müssen. Man wird das Schweigen Frankreichs überwinden müssen. Das gefällt mir.«

Er schaute meine Nichte an, ihr klares, unnachgiebiges, verschlossenes Profil, schweigend und mit ernster Inständigkeit, in der doch noch Reste eines Lächelns schwebten. Meine Nichte fühlte es. Ich sah sie leicht erröten, sah eine Falte sich langsam zwischen ihren Brauen abzeichnen. Ihre Finger zogen ein bißchen zu heftig, zu brüsk an der Nadel, so daß der Faden zu reißen drohte.

»Ja«, setzte die gemächliche summende Stimme wieder ein, »es ist besser so. Viel besser. So entstehen haltbare Vereinigungen, bei denen jeder an Größe gewinnt... Es gibt ein sehr hübsches Märchen für Kinder, das ich gelesen habe, das Sie gelesen haben, das jedermann gelesen hat. Ich weiß nicht, ob der Titel in beiden Sprachen gleich ist. Bei mir lautet er ›Die Schöne und das Tier‹ – *La Belle et la Bête.* Arme Schöne! Das Tier hat sie in seiner Gewalt – wehrlos und gefangen –, zwingt ihr zu jeder Tagesstunde seine unerbittliche und bedrükkende Präsenz auf... Die Schöne ist stolz, würdevoll, sie hat sich verhärtet... Doch das Tier ist besser, als es scheint. Oh, es ist nicht sehr gesittet! Es ist täppisch, ungehobelt, es wirkt recht derb neben der so verfeinerten Schönen!... Aber es hat ein warmes Herz, ja, es hat eine Seele, die nach Höherem strebt. Wenn die Schöne nur wollte!... Die Schöne braucht lange Zeit, bis sie will. Immerhin, nach und nach entdeckt sie in den Augen des verhaßten Kerkervogts einen Schimmer, einen Lichtschein, aus dem flehentliches Bitten und Liebe abzulesen sind. Sie merkt die gewichtige Pranke nicht mehr so stark, nicht mehr so sehr die Ketten des Gefängnisses... Sie hört auf, zu hassen; diese Beharrlichkeit rührt sie, sie reicht die Hand... Sogleich verwandelt sich das Tier; der Zauber, der es in den rauhen Pelz bannte, ist gebrochen: Es ist jetzt ein sehr schöner und sehr edler Ritter, feinsinnig und kultiviert, den jeder Kuß der Schönen mit noch strahlenderen Eigenschaften ausstattet... Ihre Vereinigung führt zu sublimem Glück. Ihre Kinder, in denen sich die Gaben der Eltern ergänzen und verbinden, sind die schönsten, die die Erde jemals trug...«

»Haben Sie dieses Märchen nicht geliebt? Ich liebte es stets. Ich las es immer wieder. Es brachte mich zum Weinen. Ich liebte vor allem das Tier, weil ich sein Leiden verstand. Noch heute bin ich ergriffen, wenn ich davon spreche.«

Er verstummte, atmete tief ein, verneigte sich:

»Ich wünsche Ihnen eine gute Nacht.«

Eines Abends – ich war in mein Zimmer hinaufgegangen, um dort Tabak zu holen – hörte ich den Gesang des Harmoniums einsetzen. Gespielt wurde das achte der *Kleinen Präludien und Fugen*, die meine Nichte vor dem Zusammenbruch geübt hatte. Das Notenheft war bei dieser Seite aufgeschlagen geblieben, doch hatte sich meine Nichte bis zu jenem Abend nicht zu erneutem Üben entschlossen. Daß sie es wiederaufgenommen hatte, bereitete mir Freude und Überraschung: Welche innere Notwendigkeit mochte sie wohl plötzlich dazu bestimmt haben?

Es war nicht sie. Sie hatte weder ihren Sessel noch ihre Handarbeit verlassen. Ihr Blick kam dem meinen entgegen, sandte mir eine Botschaft, die ich nicht zu entschlüsseln vermochte. Ich betrachtete den langen Oberkörper vor dem Instrument, den geneigten Nacken, die langen, schmalen, sehnigen Hände, deren Finger sich wie selbständige Individuen über die Tasten bewegten.

Er spielte bloß das Präludium. Er stand auf, ging zum Feuer.

»Nichts ist so groß wie das«, sagte er mit seiner dumpfen Stimme, die sich kaum lauter erhob als ein Murmeln. »Groß? ... das sagt es noch nicht einmal. Dem Menschen entrückt – seiner Körperlichkeit entrückt. Es läßt uns verstehen, nein: erraten ... nein: ahnen ... erahnen, was das Wesen ... das göttliche und unerforschliche Wesen ... das ... entkörperte Wesen der menschlichen Seele ist. Ja, es ist eine nichtmenschliche Musik.«

Er schien in nachdenklichem Schweigen seine eigenen Gedanken zu ergründen. Bedächtig nagte er an einer Lippe.

»Bach ... Er konnte nur Deutscher sein. Unser Land hat diesen Charakter: diesen nichtmenschlichen Charakter. Ich meine: dem Menschen nicht angemessen.«

Schweigen. Dann:

»Diese Musik, ich liebe sie, ich bewundere sie, sie beseligt mich, sie ist in mir wie die Gegenwart Gottes, aber ... Aber es ist nicht die meine.«

»Ich selber will eine dem Menschen angemessene Musik schaffen: Auch das ist ein Weg, um zur Wahrheit zu gelangen. Es ist *mein* Weg. Ich möchte und könnte keinem anderen folgen. Das weiß ich jetzt. Ich weiß es absolut. Seit wann? Seit ich hier lebe.«

Er wandte uns den Rücken zu. Er stützte die Hände gegen den Kaminsims, hielt sich daran mit den Fingern fest und bot sein Gesicht zwischen den Armen, wie durch die Stäbe eines Gitters, den Flammen dar. Seine Stimme wurde noch dumpfer und noch summender:

»Jetzt brauche ich Frankreich. Doch ich verlange viel: Ich verlange, daß es mich aufnimmt. Da sein als Fremder – ein Reisender oder ein Eroberer –, das ist nichts. Dann bekommt man nichts von ihm –, es läßt sich nichts nehmen. Seinen Reichtum, den schöpferischen Reichtum Frankreichs, den kann man nicht erobern. Man muß ihn an seiner Brust trinken, es muß einem aus mütterlichem Antrieb und Gefühl die Brust reichen... Ich weiß wohl, daß das von uns abhängt... Doch es hängt auch von Frankreich ab. Es muß willens sein, unseren Durst zu begreifen, und willens sein, ihn zu stillen... willens sein, sich mit uns zu vereinigen.«

Er richtete sich auf, verharrte jedoch mit dem Rücken zu uns, die Finger noch immer über das Steingesims gehakt.

»Ich«, sagte er etwas lauter, »ich werde hier leben müssen, lange, in einem Haus gleich diesem. Wie der Sohn eines Dorfes gleich diesem Dorf... Ich werde...«

Er brach ab, wandte sich uns zu. Sein Mund lächelte, nicht aber seine Augen, die meine Nichte anschauten.

»Die Hindernisse werden zu überwinden sein«, sagte er. »Aufrichtigkeit überwindet die Hindernisse stets.«

»Ich wünsche Ihnen eine gute Nacht.«

Ich vermag mich heute nicht zu erinnern, was alles im Laufe von mehr als hundert Winterabenden gesagt worden ist. Doch das Thema davon variierte kaum. Es war die lange Rhapsodie seiner Entdekkung Frankreichs: Die Liebe, die er schon von ferne dazu hegte, bevor er es kannte, und die täglich zunehmende Liebe, die er dafür empfand, seit er das Glück hatte, da zu leben. Und ich, zugegeben, bewunderte ihn. Ja: dafür, daß er nicht aufgab. Und daß er nie der Versuchung erlag, dieses unerbittliche Schweigen durch irgendeine stimmliche Heftigkeit zu durchbrechen... Im Gegenteil, wenn er dieses Schweigen manchmal den Raum erfüllen und bis in den letzten Winkel sättigen ließ, wie schweres, erstickendes Gas, schien er derjenige von uns dreien zu sein, der am entspanntesten war. Dann schaute er meine Nichte an, mit jenem Ausdruck von zugleich lächelnder und ernster Anerkennung, der ihm seit dem ersten Tag eigen gewesen war. Und ich merkte, wie die Seele meiner Nichte in dem Gefängnis unruhig wurde, das sie selbst errichtet hatte; ich merkte es aus manchen Anzeichen, von denen ein leichtes Zittern der Finger das geringste war. Und wenn Werner von Ebrennac dieses Schweigen endlich vertrieb, behutsam und erschütterungslos durch den Filter seiner summenden Stimme, schien es, als ermögliche er mir, freier zu atmen.

Häufig erzählte er von sich:

»Mein Haus im Wald, dort bin ich geboren, ich ging im Dorf zur Schule, auf der anderen Seite; ich habe es nie verlassen, bis ich in München war, für die Prüfungen, und in Salzburg, für die Musik. Seither habe ich stets dort gelebt. Ich mochte die großen Städte nicht. Ich habe London, Wien, Rom, Warschau kennengelernt, die deutschen Städte natürlich. Ich mag dort nicht leben. Nur Prag liebte ich sehr – keine andere Stadt ist so beseelt. Und vor allem Nürnberg. Für einen Deutschen ist das die Stadt, die sein Herz aufgehen läßt, weil er dort die Geister wiederfindet, die ihm lieb sind, in jedem Stein das Gedenken an jene, die des alten Deutschlands Adel ausmachten. Ich glaube, die Franzosen müssen dasselbe vor der Kathedrale von Chartres empfinden. Sie müssen ebenso die unmittelbar nahe Präsenz der Vorfahren spüren – die Güte ihrer Seele, die Größe ihres Glaubens und ihre Herzlichkeit. Das Schicksal hat mich nach Chartres geführt. Oh, wirklich, wenn sie über dem reifen Korn erscheint, aus der Ferne, ganz blau, und durchscheinend, immateriell, so ist es ein tief ergreifendes Erlebnis.

Ich stellte mir die Gefühle jener vor, die sie einst aufsuchten, zu Fuß, zu Pferd oder auf Karren... Diese Gefühle teilte ich, und ich liebte diese Menschen, und wie gerne wollte ich ihr Bruder sein!«

Sein Gesicht verdüsterte sich:

»Es ist schwer, zweifellos, das von einem Mann entgegenzunehmen, der in einem großen gepanzerten Wagen gegen Chartres anrückte... Aber dennoch ist es wahr. So viele Dinge laufen nebeneinander in der Seele eines Deutschen ab, selbst des besten! Und von denen er nur zu gern kuriert werden möchte...« Er lächelte von neuem, ein sehr leises Lächeln, das allmählich das ganze Gesicht erhellte. Dann:

»Es gibt in dem uns zu Hause benachbarten Schloß ein junges Mädchen... Sie ist sehr schön und sehr lieb. Mein Vater freute sich immer, daß ich sie heiraten würde. Als er starb, waren wir beinahe verlobt; man gestattete uns, weite Spaziergänge zu machen, nur zu zweit.«

Er wartete, um fortzufahren, bis meine Nichte den Faden wieder eingefädelt hatte, der ihr eben abgerissen war. Sie tat es mit großer Beflissenheit, doch das Öhr war sehr fein, sie hatte Schwierigkeiten. Endlich schaffte sie es.

»Eines Tages«, hob er wieder an, »waren wir im Wald. Die Kaninchen, die Eichhörnchen huschten vor uns davon. Es gab vielerlei Blumen – Narzissen, wilde Hyazinthen, Knotenblumen... Das junge Mädchen jauchzte vor Freude: ›Ich bin glücklich, Werner. Ich liebe, ach, ich liebe diese Gaben Gottes!‹ Auch ich war glücklich. Wir streckten uns auf dem Moos aus, mitten im Farnkraut. Wir redeten nicht. Wir sahen über uns die Wipfel der Tannen sich wiegen, die Vögel von Zweig zu Zweig fliegen. Das junge Mädchen stieß einen kleinen Schrei aus: ›Oh, sie hat mich am Kinn gestochen! Gemeines kleines Biest, böse kleine Schnake!‹ Dann sah ich eine flinke Bewegung ihrer Hand. ›Ich habe eine gefangen, Werner! Oh, schau, ich werde sie strafen: Ich reiße ihr – die Beine aus – eins – nach dem – andern‹, und das tat sie...«

»Zum Glück«, fuhr er fort, »hatte sie viele andere Bewerber. Ich machte mir keine Gewissensbisse. Aber anderseits war mir für immer bange gegenüber deutschen Mädchen.«

Er betrachtete nachdenklich seine Handflächen und sagte:

»So sind bei uns auch die Männer in der Politik. Deshalb habe ich mich ihnen nie zugesellen wollen, obschon meine Kameraden mir schrieben: ›Schließen Sie sich uns an.‹ Nein: Ich zog es vor, dauernd zu Hause zu bleiben. Das war nicht gut für den Erfolg der Musik, doch was soll's: Erfolg wiegt wenig gegen ein gutes Gewissen. Und wahrlich, ich weiß wohl, daß meine Freunde und unser Führer die erhabensten und edelsten Vorstellungen haben. Doch ebenso weiß ich, daß sie den Schnaken die Beine eins nach dem andern ausreißen würden. Das ist es, was den Deutschen immer geschieht, wenn sie sehr einsam sind: das schlägt immer wieder durch. Und wen gibt es, der ›einsamer‹ wäre als Männer der gleichen Partei, die Herren über alles sind.«

»Glücklicherweise sind sie jetzt nicht mehr einsam: sie sind in Frankreich. Frankreich wird sie kurieren. Und Ihnen will ich sagen: sie wissen es. Sie wissen, daß Frankreich sie lehren wird, wahrhaft große und lautere Menschen zu sein.«

Er ging auf die Türe zu. Er sagte mit verhaltener Stimme, wie zu sich selbst:

»Aber dafür braucht es Liebe.«

Er hielt die Türe einen Augenblick geöffnet; das Gesicht über die Schulter gewandt, blickte er auf den Nacken meiner über ihre Arbeit gebeugten Nichte, auf ihren zarten und bleichen Nacken, von dem das Haar in dunkel-mahagonifarbenen gedrehten Zöpfen aufgesteckt war. Im Ton gelassener Entschiedenheit setzte er hinzu:

»Gegenseitige Liebe.«

Dann wandte er den Kopf ab, und die Türe ging hinter ihm zu, während er noch rasch die täglich gleichen Worte aussprach:

»Ich wünsche Ihnen eine gute Nacht.«

Die langen Frühlingstage brachen an. Der Offizier kam jetzt bei den letzten Sonnenstrahlen herunter. Er trug immer seine graue Flanellhose, doch am Oberkörper lag eine leichtere Jacke aus bisterfarbenem Wolljersey über einem Leinenhemd mit offenem Kragen. Eines Abends kam er herunter, mit einem Buch in der Hand, das um seinen Zeigefinger zugeklappt war. Sein Gesicht wurde durch jenes verhalten aufkeimende Lächeln erhellt, das aus der Vorfreude auf die bei einem anderen erwarteten Freude entsteht. Er sagte:

»Ich habe das für Sie heruntergebracht. Es ist eine Seite aus *Macbeth*. Gott! Welche Größe!«

Er schlug den Band auf:

»Es ist das Ende. Macbeth' Macht zerrinnt ihm zwischen den Fingern, samt der Gunst derer, die endlich die Ruchlosigkeit seines Bestrebens ermessen. Die Edlen, die Schottlands Ehre verteidigen, erwarten seinen baldigen Untergang. Einer von ihnen schildert die dramatischen Anzeichen dieses Zusammenbruchs...«

Und er las langsam, mit gewichtigem Pathos:

Angus:

»Jetzt empfindet er
Geheimen Mord, an seinen Händen klebend;
Jetzt straft Empörung stündlich seinen Treubruch;
Die er befehligt, handeln auf Befehl,
Aus Liebe nicht. Jetzt fühlt er seine Würde
Zu weit und lose, wie des Riesen Rock
Hängt um den dieb'schen Zwerg.«

Er hob den Kopf und lachte. Ich fragte mich verblüfft, ob er an denselben Tyrannen dachte wie ich. Aber er sagte:

»Ist es nicht eben das, was die Nächte eures Admirals mit Unruhe erfüllen muß? Mir tut dieser Mann leid, wirklich, trotz der Verachtung, die er mir einflößt, ebenso wie Ihnen. ›*Die er befehligt, handeln auf Befehl, aus Liebe nicht!*‹ Ein Anführer, dem die Liebe der Seinen abgeht, ist eine recht erbärmliche Kleiderpuppe. Nur ... nur ... konnte man etwas anderes wünschen? Wer sonst, außer einem so trübseligen Streber, hätte diese Rolle übernommen? Indessen mußte es sein. Ja, es mußte jemand sich bereitfinden, sein Vaterland zu verschachern, weil heute – heute und noch auf lange Zeit – Frankreich nicht freiwillig in unsere offenen Arme fallen kann, ohne in seinen Augen seine eigene Würde einzubüßen. Oft schafft so die gemeinste Kupplerin die Voraussetzung zur glücklichsten

Ehe. Weder ist deshalb die Kupplerin weniger verächtlich noch die Ehe weniger glücklich.«

Er klappte das Buch hörbar zu, steckte es in die Tasche seiner Jacke und schlug mit mechanischer Geste zweimal mit der flachen Hand gegen die Tasche. Dann, sein längliches Gesicht von einem glücklichen Ausdruck erhellt, sagte er:

»Ich habe meinen Gastgebern anzukündigen, daß ich während zwei Wochen fort sein werde. Ich freue mich, nach Paris zu gehen. Jetzt ist mein Urlaub fällig, und ich werde ihn in Paris verbringen, zum ersten Mal. Das ist ein großer Tag für mich. Es ist der größte Tag, in Erwartung eines anderen, den ich mit ganzer Seele erhoffe und der ein noch größerer Tag sein wird. Ich werde jahrelang zu warten wissen, wenn es nötig ist. Mein Herz hat viel Geduld.

In Paris werde ich vermutlich meine Freunde sehen, von denen viele an den Verhandlungen beteiligt sind, die wir mit euren Politikern führen, um die wundervolle Vereinigung unserer beiden Völker vorzubereiten. So werde ich ein wenig Zeuge dieser Trauung sein...

Ich möchte Ihnen sagen, daß ich mich für Frankreich freue, dessen Wunden auf diese Weise sehr rasch vernarben werden; doch viel mehr noch freue ich mich für Deutschland und für mich selbst! Nie wird jemand von seiner guten Tat so sehr profitieren, wie Deutschland es tun wird, indem es Frankreich seine Größe zurückgibt, und seine Freiheit!«

»Ich wünsche Ihnen eine gute Nacht.«

Othello:

»Tu aus das Licht, und dann – Tu aus das Licht; –«

Wir sahen ihn nicht, als er zurückkam. Wir wußten, daß er da war, weil die Anwesenheit eines Gastes in einem Haus sich durch viele Zeichen offenbart, auch wenn er unsichtbar bleibt. Doch während recht vielen Tagen – weit länger als eine Woche – sahen wir ihn nicht.

Soll ich es eingestehen? Dieses Fernbleiben ließ meinem Geist keine Ruhe. Ich dachte an ihn, ich weiß nicht, inwieweit ich nicht Bedauern, Besorgnis empfand. Weder meine Nichte noch ich redeten davon. Doch wenn wir manchmal abends droben die ungleichen Schritte dumpf hallen hörten, sah ich wohl – an der verbissenen Emsigkeit, die sie ihrer Arbeit plötzlich widmete, an einigen feinen Linien, die ihrem Gesicht einen zugleich starrsinnigen und achtsamen Ausdruck gaben –, daß auch sie nicht frei war von Gedanken gleich den meinen.

Eines Tages mußte ich zur Kommandantur, wegen irgendeiner Anmeldung von Reifen. Während ich das Formular ausfüllte, das man mir gegeben hatte, kam Werner von Ebrennac aus seinem Dienstzimmer. Er sah mich nicht gleich. Er redete mit dem

Stabsunteroffizier, der an einem kleinen Tisch vor einem hohen Wandspiegel saß. Ich hörte seine dumpfe Stimme mit dem summenden Klang, und ich blieb da, obschon ich nichts mehr zu tun hatte, ohne zu wissen, weshalb, seltsam berührt, in Erwartung von ich weiß nicht welcher Entwicklung. Ich sah im Spiegel sein Gesicht, das mir blaß und abgespannt erschien. Er hob die Augen, sie trafen auf die meinen, während zwei Sekunden schauten wir uns an, dann drehte er sich jäh auf dem Absatz herum, mir zu. Seine Lippen teilten sich, und langsam hob er leicht die Hand, ließ sie aber fast sogleich wieder sinken. Er schüttelte kaum merklich den Kopf in ergreifender Unschlüssigkeit, als hätte er sich selber »Nein« gesagt, doch er wandte den Blick nicht von mir. Dann deutete er eine Verneigung an, ließ die Augen sinken und ging hinkend zurück in sein Zimmer, dessen Türe er schloß.

Meiner Nichte sagte ich davon nichts. Doch die Frauen haben eine katzenhafte Intuition. Während des ganzen Abends hob sie unablässig, alle Minuten, den Blick von ihrer Arbeit und richtete ihn auf mich, im Versuch, etwas aus einem Gesicht abzulesen, das ich mich ausdruckslos zu halten bemühte, emsig an meiner Pfeife ziehend. Schließlich ließ sie die Hände sinken, wie ermattet, und bat mich, während sie den Stoff faltete, um Erlaubnis, früh zu Bett gehen zu dürfen. Sie strich sich mit zwei Fingern langsam über die Stirn, wie um eine Migräne zu vertreiben. Sie küßte mich, und mir schien, als lägen in ihren schönen Augen ein Vorwurf und eine recht bedrükkende Traurigkeit. Nach ihrem Weggang fühlte ich einen absurden Zorn in mir aufsteigen: den Zorn darüber, absurd zu sein und eine absurde Nichte zu haben. Was sollte denn dieser ganze Unsinn? Doch ich vermochte mir keine Antwort zu geben. Wenn es ein Unsinn war, dann schien er fest verwurzelt zu sein.

Es war drei Tage danach, als wir, kaum hatten wir unsere Tassen geleert, hörten, wie das ungleichmäßige Tappen der bekannten Schritte einsetzte und diesmal unzweifelhaft näherkam. Ich erinnerte mich unvermittelt an jenen ersten Winterabend, an dem diese Schritte sich vernehmen ließen, sechs Monate zuvor. Ich dachte: ›Auch heute regnet es.‹ Es regnete heftig seit dem Morgen. Ein gleichmäßiger und beharrlicher Regen, der rundum alles ertränkte und sogar das Innere des Hauses mit einer kalten und feuchten Atmosphäre erfüllte. Meine Nichte hatte sich die Schultern mit einem bedruckten Seidentuch bedeckt, auf dem zehn beunruhigende Hände, von Jean Cocteau gezeichnet, kraftlos aufeinander hinwiesen. Ich wärmte meine Finger am Kopf meiner Pfeife – und wir waren im Juli!

Die Schritte durchquerten das Vorzimmer und begannen, die Stufen ächzen zu lassen. Der Mann kam langsam herunter, immer langsamer, jedoch nicht wie jemand, der zögert: Wie einer, dessen Willen einer aufreibenden Anspannung unterzogen wird. Meine Nichte hatte den Kopf erhoben, und sie schaute mich an, sie heftete während dieser ganzen Zeit einen durchsichtigen unmenschlichen Eulenblick auf mich. Und als die unterste Stufe aufgejammert hatte und eine lange Stille folgte, huschte der Blick meiner Nichte weg, ich sah ihre Lider schwer werden, ihren Kopf sich neigen und den ganzen Körper sich ermattet der Rücklehne des Sessels anvertrauen.

Ich glaube nicht, daß diese Stille mehr als ein paar Sekunden dauerte. Doch es wurden lange Sekunden. Mir war, als sähe ich den Mann hinter der Türe, den Zeigefinger zum Anklopfen erhoben, innehaltend, den Augenblick aufhaltend, in dem er, bloß durch die Geste des Klopfens, über die Zukunft entscheiden würde... Endlich klopfte er. Und es geschah weder mit der Verhaltenheit des Zauderns noch mit der Schroffheit überwundener Gehemmtheit, es waren drei volle, bedächtige Schläge, die festen und ruhigen Schläge einer unwiderruflichen Entschlossenheit. Ich erwartete, die Türe sich wie ehedem sogleich öffnen zu sehen. Doch sie blieb geschlossen, und jetzt wurde ich von einer nicht zu unterdrückenden gedanklichen Erregung erfaßt, in der sich Überlegung mit der Ungewißheit widersprüchlicher Wünsche mischte und die jede der Sekunden, die, wie mir schien, mit dem zunehmend rascheren Sog eines Wasserfalls verflossen, noch verworrener und auswegloser werden ließ. War eine Antwort erforderlich? Warum diese Abweichung? Wieso erwartete er, daß wir an diesem Abend ein Schweigen brachen, zu dem er durch sein bisheriges Verhalten gezeigt hatte, daß er die erquickliche Beharrlichkeit guthieß? Welcherart waren an diesem Abend – diesem Abend – die Gebote der Würde?

Ich blickte zu meiner Nichte hin, um aus ihren Augen einen Zuspruch oder ein Signal aufzufangen. Aber ich fand nur ihr Profil. Sie schaute auf den Türknopf. Sie schaute darauf mit jener unmenschlichen eulenartigen Starre, die mich schon zuvor beeindruckt hatte, sie war sehr blaß, und ich sah ihre Oberlippe, über die Zähne gleitend, von denen eine dünne weiße Linie erschien, sich in schmerzlicher Verkrampfung aufwärtsziehen; und vor diesem plötzlich enthüllten intimen Drama, das die harmlose Qual meiner Unschlüssigkeit so weit übertraf, büßte ich meine letzten Widerstandskräfte ein. In diesem Augenblick klopfte es abermals zweimal – zweimal bloß, zwei schwache und rasche Schläge –, und meine Nichte sagte: »Gleich wird er gehen ...« in leisem und so völlig trostlosem Ton, daß ich nicht länger wartete und mit klarer Stimme sagte: *»Entrez, Monsieur.«*

Warum setzte ich *Monsieur* hinzu? Um hervorzuheben, daß ich den Mann und nicht den feindlichen Offizier aufforderte? Oder um im Gegenteil zu zeigen, daß mir durchaus nicht unbekannt war, *wer* geklopft hatte, und daß eben er es war, an den ich mich wendete? Ich weiß es nicht. Gleichviel. Es bleibt dabei, daß ich *Entrez, Monsieur* sagte und daß er eintrat.

Ich hatte mir vorgestellt, ihn in Zivil erscheinen zu sehen, und er war in Uniform. Fast möchte ich sagen, daß er mehr in Uniform war denn je, wenn ich damit zum Ausdruck bringe, wie klar mir gleich war, daß er diese Kleidung in der festen Absicht angezogen hatte, uns ihren Anblick aufzuzwingen. Er hatte die Türe bis zur Mauer aufgestoßen, und er stand kerzengerade im Rahmen, so kerzengerade und steif, daß ich beinahe zu zweifeln begann, ob ich denselben Menschen vor mir hatte, und ich zum ersten Mal seine verblüffende Ähnlichkeit mit dem Schauspieler Louis Jouvet beachtete. Er verharrte so einige Sekunden lang, steif und schweigend, die Beine leicht gespreizt und die Arme wie entkräftet am Körper hängend, und das Gesicht so kalt, so gänzlich ausdruckslos, daß es schien, als könne es durch keinerlei Gefühle belebt werden.

Doch ich, der in meinem tiefen Lehnstuhl saß und das Gesicht auf der Höhe seiner linken Hand hatte, sah diese Hand, meine Augen wurden von dieser

Hand gefangen und blieben daran wie angekettet hängen, wegen des pathetischen Schauspiels, das sie mir darbot und das die ganze Haltung des Mannes pathetisch dementierte...

Ich lernte an jenem Tag, daß eine Hand für den, der zu beobachten weiß, Gefühle so gut wiedergeben kann wie ein Gesicht – so gut und besser wie ein Gesicht, weil sie der willentlichen Beherrschung eher entrinnt. Und die Finger dieser Hand streckten und bogen sich, drückten sich aneinander und krallten sich zusammen, gaben sich dem intensivsten Gebärdenspiel hin, während das Gesicht und der Körper reglos und steif blieben.

Dann schienen sich die Augen wieder zu beleben, sie ruhten kurz auf mir – ich fühlte mich wie von einem Falken beäugt –, glänzende Augen zwischen weit offenen und starren Lidern, den zugleich runzeligen und steifen Lidern eines von Schlaflosigkeit befallenen Wesens. Dann richteten sie sich auf meine Nichte, und sie verließen sie nicht mehr.

Die Hand hielt endlich still, alle Finger zur Faust gekrümmt und verkrampft; der Mund öffnete sich (die Lippen machten beim Auseinandergehen: »Pp...«, wie wenn man den Hals einer leeren Flasche entkorkt), und der Offizier sagte – seine Stimme war dumpfer denn je:

»Ich muß ernste Worte an Sie richten.«

Meine Nichte saß ihm zugewandt, hielt aber den

Kopf gesenkt. Sie wickelte um ihre Finger die Wolle eines Knäuels auf, während der Knäuel sich, auf dem Teppich rollend, abwickelte. Dieses sinnlose Tun war zweifellos das einzige, das noch mit ihrer verflogenen Aufmerksamkeit vereinbar war – und ihr Beschämung ersparen konnte.

Der Offizier setzte wieder zum Sprechen an – mit so offenbarer Willensanspannung, daß es schien, als ginge es um sein Leben:

»Alles, was ich in diesen sechs Monaten sagte, alles, was die Mauern dieses Raumes gehört haben ...« – er schöpfte wie ein Asthmatiker mühevoll Atem, hielt einen Augenblick die Brust geweitet –, »... das muß ...«, er atmete aus: »... muß vergessen werden.«

Langsam ließ das junge Mädchen die Hände in den Schoß sinken, wo sie schräg und unbewegt liegenblieben, wie am Strand aufgelaufene Kähne, und langsam hob sie den Kopf, und dann, zum ersten Mal – zum allerersten Mal – bot sie dem Offizier den Blick ihrer hellen Augen.

Er sagte (kaum erlauschte ich es): *»Oh, welch ein Licht!«**, es war nicht einmal ein Murmeln, und er verbarg die Augen hinter seinem Handgelenk, als könnten sie dieses Licht tatsächlich nicht ertragen. Zwei Sekunden; dann ließ er die Hand fallen, doch

* Deutsch im Originaltext.

er hatte die Lider gesenkt, und von da an war es an ihm, den Blick auf den Boden geheftet zu halten...

Seine Lippen machten: »Pp... «, und er sagte – die Stimme war dumpf, dumpf, dumpf.

»Ich habe diese Sieger gesehen.«

Dann, nach einigen Sekunden, mit noch leiserer Stimme:

»Ich habe mit ihnen gesprochen.« Und schließlich, in einem Murmeln, mit bitterer Langsamkeit:

»Sie haben über mich gelacht.«

Er hob den Blick zu mir, nickte dreimal kaum merklich mit dem Kopf. Seine Augen schlossen sich, dann:

»Sie sagten: ›Haben Sie nicht begriffen: Wir prellen sie!‹ Das haben sie gesagt. Genau. *Wir prellen sie.** Sie sagten: ›Sie nehmen doch nicht an, daß wir so töricht sind, zuzulassen, daß Frankreich an unseren Grenzen wieder aufersteht? Oder?‹ Sie lachten ganz laut. Sie klopften mir vergnügt auf die Schultern, während sie mein Gesicht beobachteten. ›Wir sind nicht Musiker!‹«

Seine Stimme drückte bei diesen letzten Worten eine unbestimmte Verachtung aus, von der ich nicht weiß, ob sie sein eigenes Empfinden gegenüber den anderen spiegelte oder den eigentlichen Tonfall von deren Äußerungen.

* Deutsch im Originaltext.

»Dann habe ich lange geredet, mit großer Heftigkeit. Sie machten: ›Tzz! Tzz!‹ Sie sagten: ›Politik ist kein Dichtertraum. Was meinen Sie, wozu wir Krieg geführt haben? Für ihren alten Marschall?‹ Sie haben wieder gelacht. ›Wir sind weder Narren noch Trottel: Wir haben die Gelegenheit, Frankreich zu vernichten; vernichtet wird es. Nicht bloß seine Macht: auch seine Seele. Vor allem seine Seele. Seine Seele ist die größte Gefahr. Das ist es, womit wir uns gegenwärtig beschäftigen: Lassen Sie sich nicht täuschen, lieber Freund. Wir werden Frankreich mit unserem Lächeln und unserer Verbindlichkeit verderben. Wir werden es zu einer kriechenden Hündin machen.‹«

Er verstummte. Er schien außer Atem zu sein. Er preßte die Kiefer mit solcher Kraft zusammen, daß ich die Backenknochen hervorspringen und eine Ader, dick und gewunden wie ein Wurm, unter seiner Schläfe pulsieren sah. Plötzlich erschauerte die ganze Haut seines Gesichtes wie in einer Art unterirdischen Bebens – wie es eine Bö auf einem See verursacht; wie bei den ersten aufsteigenden Blasen die Haut an der Oberfläche von Milch, die man heiß macht. Und seine Augen suchten Halt an den hellen und weit geöffneten Augen meiner Nichte, und er sagte in leisem, eintönigem, intensivem und beklommenem Ton, mit entmutigter Langsamkeit:

»Es gibt keine Hoffnung.« Und mit einer noch

dumpferen, noch leiseren Stimme, wie um sich selbst mit dieser unerträglichen Feststellung zu foltern: »Keine Hoffnung. Keine Hoffnung.« Und plötzlich, mit unerwartet lauter und kräftiger und zu meiner Überraschung klarer und klingender Stimme, wie ein Trompetenstoß – wie ein Schrei: »Keine Hoffnung!«

Nachher Schweigen.

Ich meinte, ihn auflachen zu hören. Seine Stirne war gefurcht und knotig wie eine Haltetrosse. Seine Lippen zitterten – die Lippen eines Kranken, zugleich fiebrig und blaß.

»Sie haben mich gerügt, mit leichtem Zorn: ›Sehen Sie nur! Sehen Sie, wie sehr Sie es lieben! Darin liegt die große Gefahr! Doch wir werden Europa von dieser Pest heilen! Wir werden ihm dieses Gift austreiben!‹ Sie haben mir alles erklärt, oh, sie ließen mich über nichts im ungewissen. Sie schmeicheln euren Schriftstellern, aber gleichzeitig haben sie in Belgien, in Holland, in allen Ländern, die von unseren Truppen besetzt sind, schon eine Sperre verhängt. Kein französisches Buch kommt mehr durch – außer technischen Veröffentlichungen, Abhandlungen über Dioptrik oder Tabellen zur Einsatzhärtung ... Aber von den Werken der Allgemeinbildung keines. Nichts!«

Sein Blick ging über meinen Kopf hinweg, flatternd und in den Winkeln des Raumes anstoßend wie ein verirrter Nachtvogel. Endlich schien er Zuflucht zu finden auf den dunkelsten Regalen, jenen, wo sich Racine, Ronsard, Rousseau aneinanderreihen. Dort blieben seine Augen hängen, und seine Stimme setzte wieder ein, mit klagender Heftigkeit:

»Nichts, nichts, keiner!« Und als ob wir noch nicht begriffen, die Ungeheuerlichkeit dessen, was drohte, noch nicht ermessen hätten: »Nicht nur eure Modernen! Nicht nur eure Péguys, eure Prousts, eure Bergsons ... Auch alle anderen! All diese da! Alle! Alle!«

Sein Blick glitt nochmals über die im Halbdunkeln sanft schimmernden Einbände, wie in einer verzweifelten Liebkosung.

»Sie werden die Flamme ganz löschen!« rief er aus. »Europa wird nicht mehr von diesem Licht erhellt sein!«

Und seine hohle, ernste Stimme ließ bis in die Tiefen meiner Brust den unerwarteten und ergreifenden Schrei vibrieren, dessen letzte Silbe sich wie eine zitternde Klage hinzog:

»Nevermore!«

Das Schweigen senkte sich einmal mehr herab. Einmal mehr, aber wieviel düsterer und gespannter diesmal! Gewiß, unter jedem Schweigen von vordem nahm ich wohl – wie unter der stillen Wasseroberfläche den Tumult der Tiere im Meer – den unterseeischen Strudel der verborgenen Gefühle wahr, der Verlangen und Überlegungen, die sich widerlegen und miteinander ringen. Doch unter diesem jetzt, ach, nur gräßliche Beklemmung.

Die Stimme brach endlich dieses Schweigen. Sie war sanft und trostlos.

»Ich hatte einen Freund. Er war mein Bruder. Wir haben zusammen studiert. Wir hausten im gleichen Zimmer in Stuttgart. Wir haben drei Monate gemeinsam in Nürnberg verbracht. Wir unternahmen nichts ohne den anderen: Ich spielte ihm meine Musik vor; er rezitierte mir seine Gedichte. Er war feinfühlig und romantisch. Doch er verließ mich. Er ging seine Gedichte in München rezitieren, vor neuen Gefährten. Er war es, der mir immer wieder schrieb, ich solle mich zu ihnen gesellen. Er war es, den ich in Paris wiedergesehen habe, mit seinen Freunden. Ich sah, was sie aus ihm gemacht haben!«

Er bewegte langsam den Kopf hin und her, als müßte er einer drängenden Beschwörung eine schmerzliche Ablehnung entgegensetzen.

»Er war der Besessenste! Er mischte Zorn mit Gelächter. Bald schaute er mich glühend an und schrie: ›Es ist ein Gift. Man muß dem Biest sein Gift nehmen!‹ Bald versetzte er mir mit dem Zeigefinger kleine Stöße in den Magen: ›Jetzt haben sie die große Angst, ha, ha, sie bangen um ihre Taschen und ihren Bauch – um ihre Industrie und ihren Handel! Nur daran denken sie! Die wenigen anderen, die umschmeicheln wir und lullen sie ein, ha, ha... Es wird leicht sein!‹ Er lachte, und sein Gesicht wurde ganz rosig: ›Wir werden ihre Seele für ein Linsengericht kaufen!‹«

Werner holte Atem.

»Ich sagte: ›Habt ihr ermessen, was ihr tut? Habt ihr es *ermessen?*‹ Er sagte: ›Erwartest du, daß uns das abschreckt? Unser Weltbild steht auf festeren Füßen!‹ Ich sagte: ›Dann werdet ihr diese Gruft versiegeln – auf ewig?‹ Er sagte: ›Es geht um Gedeih und Verderb. Um zu erobern, genügt Gewalt; um zu beherrschen nicht. Wir wissen sehr gut, daß eine Armee nicht zum Beherrschen taugt.‹ – ›Aber um den Preis des Geistes!‹ rief ich. ›Nicht um diesen Preis‹ – ›Der Geist geht nie unter‹, sagte er. ›Der hat schon anderes überstanden. Er ersteht aus seiner eigenen Asche wieder auf. Wir müssen für in tausend Jahren bauen: zuerst muß man vernichten.‹ Ich schaute ihn an. Ich schaute bis auf den Grund seiner hellen Augen. Er war ehrlich, ja. Das ist das Schrecklichste.«

Seine Augen öffneten sich ganz weit – wie beim Anblick einer schändlichen Mordtat:

»Sie werden tun, was sie sagen!« rief er, als würden wir es nicht glauben. »Mit Methode und Ausdauer! Ich kenne diese hartnäckigen Teufel!«

Er schüttelte den Kopf wie ein Hund, den ein Ohr

schmerzt. Ein erstickter Laut drang zwischen seinen zusammengebissenen Zähnen hervor, das stöhnende und heftige »Oh!« des betrogenen Liebhabers.

Er hatte sich nicht gerührt. Er stand noch immer reglos, steif und kerzengerade im Türrahmen, die Arme herabhängend, als hätten sie Hände aus Blei zu tragen; und bleich – nicht wie Wachs, sondern wie der Verputz mancher verfallender Mauern: grau, mit hellen Salpeterflecken.

Ich sah ihn den Oberkörper langsam vorneigen. Er hob eine Hand, stieß sie, die Fläche nach unten, die Finger leicht gebogen, nach meiner Nichte hin, nach mir. Er schloß sie, schüttelte sie kurz, während sein Gesichtsausdruck sich mit einer Art ungestümer Energie spannte. Seine Lippen öffneten sich leicht, und ich meinte, daß er ich weiß nicht welchen Aufruf an uns richten wolle: ich meinte – ja, ich meinte, er wollte uns zur Revolte ermuntern. Doch kein Wort kam über seine Lippen. Sein Mund schloß sich, und abermals seine Augen. Er richtete sich auf. Seine Hände strichen dem Körper entlang aufwärts, vollführten auf Höhe des Gesichts undeutbare Gebärden, die an bestimmte Bewegungen bei javanischen Tempeltänzen erinnerten. Dann faßte er sich an die Schläfen und die Stirn, die Lider unter den ausgestreckten kleinen Fingern zerdrükkend.

»Sie haben mir gesagt: ›Es ist unser Recht und

unsere Pflicht!‹ Unsere Pflicht! Glücklich, wer mit einer so simplen Gewißheit den Weg seiner Pflicht erkennt!«

Seine Hände fielen herab.

»Am Kreuzweg sagt man einem: ›Geh diesen Weg da!‹« Er schüttelte den Kopf. »Aber diesen Weg, den sieht man nicht zu den lichten Höhen der Gipfel ansteigen, man sieht ihn in ein finsteres Tal führen, sich in der modrigen Düsternis eines trostlosen Waldes verlieren! ... Oh, Gott! Zeig mir, wo *meine* Pflicht liegt!«

Er sagte – er schrie beinahe:

»Es ist der Kampf – die große Schlacht des Vergänglichen gegen das Geistige!«

Er schaute mit kläglicher Starre auf den geschnitzten Engel über dem Fenster, auf diesen verzückten und lächelnden Engel, der himmlischen Frieden ausstrahlte.

Plötzlich schien sein Ausdruck sich zu entspannen. Sein Körper verlor seine Steifheit. Sein Gesicht neigte sich ein wenig dem Boden zu. Er hob es wieder.

»Ich habe meine Rechte geltend gemacht«, sagte er ganz natürlich. »Ich habe verlangt, zu einer Frontdivision versetzt zu werden. Diese Gunst ist mir endlich gewährt worden. Ich habe die Genehmigung, mich morgen in Marsch zu setzen.«

Ich glaubte, das Gespenst eines Lächelns über

seine Lippen huschen zu sehen, als er präzisierte:

»Zur Hölle.«

Sein Arm hob sich nach Osten – jenen unendlichen Ebenen zu, wo das künftige Korn von Leichen zehren wird.

Ich dachte: ›Folglich fügt er sich. Das ist also alles, zu was sie imstande sind. Sie fügen sich alle. Sogar dieser Mann da.‹

Das Gesicht meiner Nichte bereitete mir Leid. Es war mondblaß. Die Lippen, dem Rand einer Opalglas-Vase gleich, waren leicht geöffnet und zum tragischen Ausdruck griechischer Masken geformt. Und ich sah an der Grenze zwischen Stirn und Haaransatz Schweißperlen nicht entstehen, sondern hervorquellen – ja, hervorquellen.

Ich weiß nicht, ob Werner von Ebrennac es sah. Seine Pupillen, die des jungen Mädchens, verbunden wie das Boot in der Strömung mit dem Haltering am Ufer, schienen das durch ein so gespanntes, so straffes Kabel zu sein, daß man nicht gewagt hätte, zwischen beider Augen einen Finger durchzuziehen.

Ebrennac hatte mit einer Hand den Türknauf gefaßt. Die andere lag am Türrahmen. Ohne seinen Blick um Haaresbreite abzuwenden, zog er langsam die Türe zu sich heran. Er sagte – seine Stimme war merkwürdig ausdruckslos:

»Ich wünsche Ihnen eine gute Nacht.«

Ich glaubte, daß er die Türe schließen und weggehen würde. Aber, nein. Er schaute auf meine Nichte. Er schaute sie an. Er sagte – er murmelte:

»Adieu.«

Er rührte sich nicht. Er blieb völlig reglos, und in seinem reglosen und gespannten Gesicht noch regloser und gespannter waren die Augen, festhaftend an denen – allzu offenen, allzu hellen – meiner Nichte. Das dauerte, dauerte – wie lange? –, dauerte, bis endlich das junge Mädchen die Lippen bewegte. Werners Augen glänzten.

Ich hörte:

»Adieu.«

Man mußte auf das Wort gelauert haben, um es zu hören, doch immerhin, ich hörte es. Von Ebrennac hörte es ebenfalls, und er richtete sich auf, und sein Gesicht und sein ganzer Körper schienen sich zu entspannen, wie nach einem erholsamen Bad.

Und er lächelte, so daß das letzte Bild, das ich von ihm behielt, ein lächelndes Bild war. Und die Türe schloß sich, und seine Schritte verhallten in der Weite des Hauses.

Er war fort, als ich am nächsten Tag herunterkam, um meine allmorgendliche Milch zu trinken. Meine Nichte hatte das Frühstück zubereitet, wie jeden Tag. Sie goß mir ein, schweigend. Wir tranken, schweigend. Draußen schimmerte eine blasse Sonne durch den Dunst. Es schien mir, als sei es sehr kalt.

Oktober 1941

Honoré de Balzac
Die großen Romane und Erzählungen im Diogenes Verlag

Die tödlichen Wünsche
Roman. Aus dem Französischen von Emil A. Rheinhardt. detebe 20901

Die Frau von dreißig Jahren
Roman. Deutsch von Erich Noether
detebe 20902

Eugenie Grandet
Roman. Deutsch von Mira Koffka
detebe 20903

Vater Goriot
Roman. Deutsch von Rosa Schapire
detebe 20904

Verlorene Illusionen
Roman. Deutsch von Otto Flake
detebe 20905

Glanz und Elend der Kurtisanen
Roman. Deutsch von Emil A. Rheinhardt
detebe 20906

Zwei Frauen
Roman. Deutsch von Gabrielle Betz
detebe 20907

Junggesellenwirtschaft
Roman. Deutsch von Franz Hessel
detebe 20908

Tante Lisbeth
Roman. Deutsch von Paul Zech
detebe 20909

Vetter Pons
Roman. Deutsch von Otto Flake
detebe 20910

Das ungekannte Meisterwerk
Erzählungen. Deutsch von Heinrich E. Jacob und Hete Maass. detebe 20477

Pariser Geschichten
Deutsch von Otto Flake
detebe 20896

Liebesgeschichten
Ausgewählt von Auguste Amédée de Saint-Gall. Verschiedene Übersetzer
detebe 20897

Mystische Geschichten
Verschiedene Übersetzer
detebe 20899

Außerdem liegen vor:

Über Balzac
Zeugnisse und Aufsätze von Victor Hugo bis Somerset Maugham. Herausgegeben von Claudia Schmölders. detebe 20309

André Maurois
Das Leben des Honoré Balzac
Eine Biographie. Aus dem Französischen von Ernst Sander und Bruno Berger. detebe 21297